Lee Aucoin, *Directora creativa*
Jamey Acosta, *Editora principal*
Heidi Fiedler, *Editora*
Producido y diseñado por
Denise Ryan & Associates
Ilustraciones © Jack Hughes
Traducido por Santiago Ochoa
Rachelle Cracchiolo, *Editora comercial*

Teacher Created Materials
5301 Oceanus Drive
Huntington Beach, CA 92649-1030
http://www.tcmpub.com
ISBN: 978-1-4807-2957-5
© 2014 Teacher Created Materials

Edward el explorador

Escrito por James Reid
Ilustrado por Jack Hughes

Soy Edward el explorador.
Soy valiente y atrevido.

3

Cada día, exploro de cerca y de lejos.

4

Luego, dibujo en mi cuaderno
lo que veo.

Lunes

Escalo montañas grandes.

Martes

Buceo en mares profundos.

Miércoles

Remo por ríos largos.

Jueves

Trepo árboles altos.

Viernes

Vuelo sobre cañones anchos.

Un explorador: ¡ese soy yo!